MEDITATIONS
EN VERS
SUR LE
MEMENTO HOMO.

Raportées aux caracteres
des vices.

A BEAUVAIS,

Chés MICHEL COURTOIS, Imprimeur
de Son Eminence.

M D C C V.

Avec Permission.

AU LECTEUR.

DE quelques fausses couleurs qu'on nous dépeigne la Mort, il est certain, CHER LECTEUR, que cette fille du peché, n'a aucun des traits de son pere. Elle a des charmes si puissans, que plusieurs ont renoncé à l'éclat des Courones, pour suivre le sien. Si on luy reproche qu'elle a peu d'Amans, elle peut répartir que c'est à cause qu'il y a peu de sages. Tous ceux qui ont porté ce nom, avec justice, l'ont aimé avec raison. Ils l'ont considerée comme leur liberatrice : comme celle qui tirant nos ames des pri-

ā

sons de la chair, les fait joüir d'un bien qu'elles ne peuvent posseder ny comprendre, tandis qu'elles y sont captives. Si l'humilité qu'elle inspire luy permettoit de se vanter de ceux qu'elle a rendus épris de sa beauté, vous auriés honte, CHER LECTEUR, d'avoir manqué d'amour pour celle qui en a donné à tant d'excellens Personages. Parmi ceux qui l'ont passionnement aimée, vous y verrés tous les Philosophes de l'antiquité, & tous les Saints du Christianisme. Si l'exemple d'un Socrate, d'un Caton, d'un Seneque, & de tant de grands Hommes, qui ont goûté ses attraits, n'est pas capable de vous toucher, celuy d'un Saint Pierre, d'un Saint Paul, de tous les Martyrs, & de JESUS-CHRIST même, doit vous la faire aimer autant que vous la fuyés. Mais fans vous attaquer avec des armes fi fortes, elle veut vous combattre d'une maniere fi douce, que vous prendrés plaifir d'être vaincu fi vous ne voulés être miferable. N'eft-ce pas elle qui vous donne un repos éternel & fans inquiétude , lorfqu'elle finit nos maux & nos miferes ; qu'elle nous délivre des foins & des travaux de cette vie , pour nous procurer les félicités d'une meilleure. Si les effets de la mort font fi avantageux , avec quelle ardeur ne la devons-nous pas chérir? Le fouvenir même en eft trés falutaire, & auffi propre à prefer- ver nos ames du vice, pendant nôtre vie, que le fel eft capable de garantir nos corps de la cor- ruption, aprés nôtre mort. Qui que vous ſoyés, CHER LECTEUR, agréés le deſſein que j'ay de vous ſervir en cette rencontre. C'eſt le ſeul objet qui m'a porté à la compoſition de cet Ouvrage. Si vous en avés de l'eſtime, je n'en auray point de vanité, & ſi vous en avés du mépris, je n'en auray point de honte. L'indifference que j'ay pour la gloire de ce monde, me fait recevoir la loüange de même que le blâme. Je ſouhaiterois vous inſpirer ce ſentiment qui a toûjours été celuy de tous les ſages, & qui doit être auſſi celuy de tous les Chrétiens. Si vous recevés ce preſent avec le même eſprit que je vous l'offre „ vous m'obligerés à vous en faire d'autres, qui peut-être, ne vous feront pas moins agréables ny moins utiles, que celuy-cy.

MEDITATIONS
EN VERS
SUR LE MEMENTO
HOMO.

Raportées aux caractères des vices

Foible & superbe amas de boüe,
Qui te crois ce que tu n'est pas,
Qui vole fans ceffe au trépas,
Homme , c'est à tort qu'on te loüe :
Il est vray que le Tout - puiffant
T'a fait un miracle en naiffant,
Une admirable créature ;
Mais quoy que d'un Illuftre fang
Qui te donne un fublime rang,
Souvien toy , que tu n'es que vile
pourriture.

A

LES POTENTATS.

Vous que l'éclat du diadéme
Distingue des autres Mortels,
Et que des Exploits éternels
Soûtiennent dans ce rang suprême :
Monarques, vôtre gloire est un ruisseau
    coulant,
Qui vers sa triste fin va sans cesse roulât
Vôtre grandeur aux ans succombe,
Souvenés vous Princes & Rois,
Qui donnés aux autres des loix
Que vous êtes sujets à celle de la tombe.

LES MAGISTRATS.

Fermes appuis de la Justice,
Colomnes des plus grands Etats,
Bouches & mains des Potentats,
Severes Ennemis du Vice,
Juges qui condamnés à mort,
Gardés que ce ne soit à tort,
Consultés bien vôtre balance,
Et lors que vous prendrés ce soin,
Songés que le tems n'est pas loin
Que la mort vous lira vôtre triste
    sentence.

LES PRELATS.

Vous qui portés le caractere

De nôtre divin Redempteur,
L'Eternel Sacrificateur,
La victime de Dieu le Pere;
Ministres de nos saints Autels,
Prélats, qui comme nous Mortels,
Comme nous cefferés de vivre:
Sanctifiés nous icy bas:
Donnés-nous vôtre exemple à fuivre,
Et craignés, comme nous, la rigueur
    du Trépas.

LES GUERRIERS.

Et vous qui loin des féjours calmes,
Parmi les horreurs des combats
Rencontrés-vous plus doux ébats,
A cueillir de fanglantes Palmes,
C'eft vainement, braves Guerriers,
Que vous penfés que vos Lauriers
Vous garantiront de la foudre :
Malgré ces exploits glorieux
Qui vous rendent Victorieux ;
Ces Lauriers avec vous feront réduits
    en poudre.

LE COURTISAN.

Joüet d'une aveugle Fortune
Qui ne te promets que du vent,
Flateur & lâche Courtifan,

A ij

Qu'une vaine gloire importune :
Renonce aux fragiles emplois,
Pense à servir le Roy des Rois,
Ne mets qu'en luy ton esperance ;
Les honneurs que tu cours si fort,
N'ont qu'une pompeuse apparence
Dont le charme trompeur se dissipe à la
  mort.

LES PHILOSOPHES.

Vous de qui l'ame ne desire,
Que d'observer tant de ressorts,
Qui font remuer tous les corps
Et connoître ce qu'on admire,
Sages qui pretendés tout voir :
Et qui vous flatés de sçavoir
Tous les secrets de la nature :
Qu'il suffise à vôtre raison,
De méditer cette leçon,
Que vos corps sont pétris de poussiere
  & d'ordure.

LES ASTROLOGUES.

Vous qui consultant les Etoiles
Et les celestes mouvemens,
Déployés vos entendemens,
Lors que la nuit étend ses voiles :
Vous que rien ne peut retenir

Et qui croiés de l'avenir
Perçer la nuit la plus obscure,
Voulés-vous sçavoir vôtre fin
Sçachés que la loy du destin
Vous jettera bientôt dans une sepulture.

LES POETES.

Vous qui captivés nos oreilles,
Qui charmés nos cœurs & nos sens :
De qui les aimables accens,
Sont de raisonnantes merveilles :
Beaux esprits, qui par vos chansons
Croiés éterniser les noms,
Et les faits de quelque Monarque,
Craignés un funeste revers,
Et scachés que vos plus beaux vers,
Sont sujets comme vous aux rigueurs de
la Parque.

LES SENSUELS.

Vous qui dans le penchant des vices
Suivés tous les objets charmans,
Voluptueux de qui les sens
Recherchent par tout les délices,
Meprisés ces charmes trompeurs,
Ce sont des grossieres vapeurs,
Qui ne font qu'obscurcir vos ames,
Souvenés-vous incessamment
De ce triste & dernier moment

Où la mort finira vos plaifirs & vos
trames.

LE PARESSEUX.

Que fait-tu fur ce Lit de plume,
Mort vivant qui fuis les travaux ?
Crois-tu t'exempter de ces maux
Où chacun de nous fe confume ?
Pareffeux fans foin ny vertu ,
Hé ! de grace à quoy penfe-tu ?
Medite ton heure derniere
Souvien-toy que lorfque ton corps
Accroîtra le nombre des morts ,
Tu dormiras affés dans une trifte biere.

L'INJUSTE.

Ennemi de l'homme de bien ,
Perfecuteur de l'innocence ;
Qui fais un grand crime de rien ;
Qui veux en tout la déference :
Superbe , dont l'autorité
Fait violence à l'équité ;
Injufte , dont chacun murmure :
Penfe à la juftice d'un Dieu ,
N'attends pas que la fepulture ,
Te ferve de paffage en un plus trifte lieu.

L'AMANT.

Captif, qui n'aime que tes chaînes ,

Qui te plaît si fort en prison,
Qui n'écoutes point la raison
Qui seule peut finir tes peines,
Sujet de l'Empire d'Amour,
Il te faut penser à ton tour,
Que ce bel astre ta lumiere
Verra bientôt son occident ;
Que par un semblable accident,
Vous ne serés tous deux rien qu'un peu
    de poussiere.

LE SUPERBE.

Toi, qui parmi ta vaine pompe
Crois être le Phenix des grands,
Dis-moy donc pour qui tu te prends
Dans ce faux éclat qui te trompe.
Pense orgueilleux, pense y bien,
Tu n'es qu'un vain songe & qu'un rien
Qui fais le superbe & le brave ;
Souviens-toi toûjours de ton sort,
Et qu'enfin tu verras la mort
T'épargner aussi peu que le plus vil
    Esclave.

LE PRODIGUE.

Toy, qui du plus ample domaine
Sçait dissiper les revenus,
Au lieu d'en soulager la peine

Des pauvres que tu vois tout nus,
Prodigue, qui de tes richeſſes,
Pourrois par de ſaintes largeſſes,
Te faire un celeſte tréſor;
Sçache qu'il faudra rendre compte,
Au moment fatal de la mort,
De ce bien que tu n'as diſſipé qu'à ta
honte.

L'AVARE.

Toy qui te tourmente ſans ceſſe
Pour acquerir tant de tréſors
Qui veux par d'indignes reſſorts.
Aſſouvir la faim qui te preſſe,
Avare, ceſſe d'amaſſer,
Nous ne faiſons tous que paſſer,
Commence enfin à te réſoudre
De mépriſer ce faux métal
A ta conſcience fatal,
Puiſqu'auſſi bien que luy tu n'es qu'un
peu de poudre.

L'USURE.

Toi qui fais métier de l'uſure,
Qui loin d'aſſiſter ton prochain,
Sous un prêt qui paroît humain,
Rend ſa miſere encore plus dure:
Uſurier, dont le mauvais cœur

Cherche à profiter du malheur
D'une pitoiable indigence ;
Sçache que bientôt le trepas
N'ayant pour toy nulle indulgence,
Ce malheureux profit ne te sauvera pas.

LE MENTEUR.

Toi, dont les discours sont des songes,
Qui sous un grain de verité,
Font passer pour réalité
Une montagne de mensonges :
Grand Sophite, faux Orateur,
Vrai Charlatan, hardi Menteur;
Quitte ce peché d'habitude ;
Médite pour t'en garantir,
Sur l'infaillible certitude
Que lamort bornera ta fureur de mentir.

L'HIPOCRITE.

Toi dont la fausse probité
Se déguise si bien au Louvre,
Et dont le faux zéle se couvre
Du manteau de la Pieté ;
Homme de bien en apparence,
Pour surprendre la confiance
Et tromper la Ville & la Cour ;
Hipocrite, crains la disgrace
De ce triste & funeste jour

Où la mort détruira ta trompeuse gri-
mace

LE VINDICATIF.

Inhumain de qui le courage
Plus endurci qu'un diamant
Trouve tout son contentement
Lors qu'il peut assouvir sa rage ;
Vindicatif retiens ta main ,
N'execute pas ton dessein ,
Cours embrasser ton adversaire ,
Souviens-toi dans tes noirs transports,
Qu'enfin un jour au rang des morts
Vous irés recevoir chacun vôtre salaire.

L'ENVIEUX.

Envieux qui fais ta misere
De la felicité d'autruy ,
Quitte ce malheureux ennuy
Qui toûjours te ronge en vipere :
Souviens-toy qu'entre les mortels ,
Les plus heureux même sont tels
En cette déplorable vie ;
Qu'étant tous sujets à la mort
Et soumis aux rigueurs du sort ,
Ils sont dignes plûtôt de pitié que d'en-
vie.

LE CALOMNIATEUR.

Efprit de menfonge & d'erreur
D'impofture & de médifance ;
Jufqu'à vouloir ternir l'honneur
De qui ne t'a point fait d'offenfe,
Vrai tiran de la verité,
Cœur rempli de malignité,
Calomniateur implacable
Médite à ton dernier moment,
Ne fais plus l'office du diable,
Tâche de prevenir fon horrible tourmêt.

LE BLASPHEMATEUR.

Lâche ennemy du Créateur,
Que ta voix femble méconnoître,
Continuel Blafphemateur
De ce Dieu qui t'a donné l'être :
Ceffe par ton impieté,
D'infulter à fa Majefté ;
Reconnois fes vertus fuprêmes ;
N'attends point que l'afreufe mort
Fermant la bouche à tes blafphémes,
Vienne pour te livrer au plus horrible
fort.

L'INGRAT.

Cœur infenfible à toute grace,
Fonds où fe perdent les bien faits,

Homme qui n'en reçois jamais
Que l'ingratitude n'efface :
Dis-moy, que te sert la raison,
La bête n'en a pas le don,
Et marque sa reconnoissance :
Ingrat, n'es-tu donc qu'un rocher ?
Mais malgré ta méconnoissance
La mort d'un trait picquant sçaura bien
    te toucher.

LE PARTISAN.

Du public funeste sangsuë,
Qui te rend par tout odieux,
Maltotier vain & glorieux,
Qu'un miserable gain remuë :
Sçache que ce gain que tu fais
Ne te profitera jamais,
C'est un bien qu'il te faudra rendre.
Tu crois d'en joüir sans regret,
Mais la mort viendra le reprendre
Et t'en fera payer l'usure & l'interêt.

LE PARASITE.

Et toy de qui le ventre infame,
Engloutit les mets délicats,
Parasite, amy des repas
Qui dans l'excés plonge ton ame,
Souviens-toy que dans peu ton corps

Ira dans l'Empire des morts,
Qu'il fera des vers la pature :
Ne t'engraiffe donc pas pour eux,
Mais quittant tes plaifirs honteux,
Songe un peu que tu n'es que limon &
  qu'ordure.

L'AMBITIEUX.

Aveugle qui fuis la fortune,
Qui ne voit point non plus que toy,
Crois tu qu'elle te faffe Roy ?
Cette faveur n'eft pas commune.
Mais quand même par fes bien-faits
Elle rempliroit tes fouhaits,
Ses grandeurs n'étant que fumée
Tu verras enfin ton orgueil
Et toy dans un même cercueil.   [née.
Car telle eft des humains la trifte defti-

LES BEAUTEZ MONDAINES.

Cheres Idoles de nos ames,
Dont les attraits victorieux,
Aiant pris nos cœurs par les yeux
Rempliffent nos feins tout de flames,
Souvenés-vous que le trépas
N'épargnera point vos appas,
Vous ne le devés pas prétendre,
Le tems déja flétrit vos teins.

Belles , vos yeux feront éteints
Et dans un froid cercüeil ne feront plus
  que cendre.

A TOUS LES HOMMES
EN GENERAL.

Vous tous les habitans du monde
Souvenés vous que tous vos pas
Vous conduifent vers le trépas ,
D'une vitefle fans feconde :
De la poudre étant tous tirés ,
En poudre vous retournerés
Hommes ? vous n'êtes que menfonge,
Vôtre vie eft un prompt éclair ,
Qui ne fait que luire dans l'air
Et difparoître ainfi qu'un fantôme &
  qu'un fonge.

FIN.

STANCES
Sur le même Sujet.

Flambeau dont la matiere eft fi tôt
    confumée ,
Qui ne laiffe de toy qu'une obfcure
    fumée ;

Toy, dont le triste feu, tandis qu'il est
vivant,
Paroît si languissant.

Roseau frêlé & tremblant, à qui
tout fait la guerre,
Que le moindre Aquillon couche sou-
dain par terre,
Pour temperer ton luxe, & guérir ton
orgueil,
Souvien-toy du cercueil.

Voyageur alteré des plaisirs de ce
monde,
Que tu bois à long traits en qui ton cœur
se fonde
En faisant ton chemin pense que tous
tes pas,
Te menent au trépas.

Pilote dont la nef fragile & va-
gabonde,
Ressent à tous momens l'inconstance
de l'onde,
En poursuivant ton cours, souvien-toy
que ton port.

N'eſt autre que la mort.

❦❧

Songe, ô mortel, pendant que tu
vois la lumiere,
Que tu n'es compoſé que d'un peu de
pouſſiere,
Que tu retourneras malgré tout ton
éclat
A ton premier état.

❦❧

Si, parmi les humains, tu tiens un
rang ſuprême,
Et ſi tu vois ton front orné d'un diadéme,
Sçache que tu mourras avec tes grands
projets,
Comme tous tes ſujets.

❦❧

En vain auras-tu pris ta naiſſance &
ton luſtre
D'un grand nombre de Rois, & d'une
tige illuſtre,
Puis que tes devanciers ſont tous morts
à la fin,
Attends même deſtin.

❦❧

Ces grands Maîtres des Rois, ces
redoutés Monarques.
Les Céfars, les Trajans ont flêtri fous
les Parques.
A peine fçavons-nous en lifant leurs
Exploits,
Qu'ils furent autrefois.

❧❧❧

Ce grand Chef des Romains , le
généreux Pompée,
Qui foûmit tant de Rois à fa vaillante
épée,
Vit , malgré fa grandeur , le perfide
Achillas
Luy caufer le trépas.

❧❧❧

De tous les Conquerans la Fortune
fe joüe,
Elle les met fouvent au plus bas de fa
roüe,
Et la Mort fans refpect , pour leurs
fameux Exploits,
Les foûmet à fes Loix.

❧❧❧

C'eft le fatal écueil de ces grandeurs
humaines ;

C'est où se vont briser ces puissances
hautaines.
Ils tachent vainement , tous de s'en
écarter ,
Nul ne peut l'éviter.

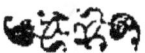

Homme , souvien - toy donc sans
cesse de la tombe ;
Que sous l'affreuse Mort toute grandeur succombe ,
Et que tous les humains les plus bas,
les plus hauts,
Tombent dessous sa faux.

MEDITATIONS

SUR CES PAROLES.

O! Mors, quàm amara est memoria tua.

FUneste Reine des Spectres,
De qui le pouvoir souverain,
Aussi grand qu'il est inhumain ,
Se moque de l'orgueil des Sceptres.

Fière

Fiére ennemie des mortels,
Dont la cruauté les rend tels ;
Horreur de toute la nature,
Effroy de tous les animaux ;
Princeffe de la fepulture,
Qui voit tout fuccomber fous l'effort
de ta faux.

Feu violent , puiffante foudre,
Qui ravage tout l'Univers,
Qui fait tomber tout à l'envers,
Qui réduit toute chofe en poudre,
De qui les agneaux & les loups,
Sentent également les coups ;
Toy, qui ne refpectes perfone,
Qui fans choix nous met au tombeau ?
Où celui qui jadis portoit une cou-
rone
Eft égal à celui qui menoit un trou-
peau.

Glaive tranchant & redoutable,
Qui nous jettes tous au cercueil,
Où s'évanoüit nôtre orgueil ;
Que ta penfée eft effroyable ?
O ! Mort , ton trifte fouvenir

B

Est seul suffisant pour bannir,
Toute allegresse & toute joye!
Lorsque nous pensons un moment
Que nous serons un jour ta proye,
Nous frémissons d'abord d'y songer
    seulement.

Quoy ces clairs Soleils de nos ames,
Ces doux & ces puissans Vainqueurs,
Ces beaux yeux, ces Rois de nos
    cœurs
Perdront leurs clartés & leurs flames?
Et cette bouche de coral,
O! Mort, par ton arrêt fatal,
Verra donc sa couleur flétrie,
Ce tein de roses & de lys,
L'objet de nôtre idolatrie.
Quoy! dis-je, tant d'attraits seront
    ensevelis?

O! Mort, ton affreuse pensée,
Se mêlant parmi nos plaisirs,
Change tous nos ris en soûpirs,
Nôtre ame s'en voit accablée.
Toy, qui regnes dans ces bas lieux,
Où la belle clarté des Cieux

N'a jamais sçû trouver passage,
Source de toutes nos langueurs,
Qui ne pardonne à nul âge,
Mort, que ton souvenir nous fait ver-
ser de pleurs !

PARAPHRASE
DU PSEAUME CXXIX.

De profundis clamavi, &c.

DU plus profond des noirs abîmes,
Où la pesanteur de mes crimes
Et ta Justice m'ont plongé,
Je t'ay souvent crié, Puissant-Dieu de
lumiere,
Dissipe cette nuit, exauce ma priere,
Et ne me laisse pas plus long-tems
affligé.

Que tes oreilles soient atteintes
Du funeste bruit de mes plaintes ;
Que mes pleurs touchent ta bonté,
Voyant si clairement jusqu'au fond de
mon ame :

Tu vois de quelle ardeur, Seigneur,
    je te reclame,
Tu connois tous les maux, donc je suis
    tourmenté.

Si tu veux peser nos offenses,
A la rigueur de tes balances,
Et punir selon les forfaits,
Il n'est point de mortels, dont le cœur
    soit si juste,
Qu'il s'ose presenter devant ton Trône
    auguste,
Sans craindre ta Justice en ses plus doux
    effets.

Mais, Seigneur, la vaste clemence,
Ainsi que le pardon immense,
Se trouvent toûjours avec toy.
Le pecheur penitent te craint & te
    revere,
Et mon cœur, qui touché, redoute ta
    colere,
N'attend pas moins l'effet de tes bontés
    sur moy.

En toy seul j'espere sans cesse,

Et mon ame fur ta promeſſe
A mis & fondé ſon eſpoir ,
De quel autre que toy , me faut-il donc
attendre
Un repos aſſuré , d'où le puis-je pré-
tendre ?
C'eſt de ta ſeule main qu'on peut le
recevoir.

Dés le point que la belle Aurore ,
Revenant du Rivage More
Vient ouvrir les portes du jour ,
Juſqu'à ce que ſon pere ayant fait ſa
carriere ,
Elle vient derechef annoncer ſa lu-
miere ,
Iſraël , ô Seigneur ! eſpere en ton
amour.

En Dieu ce grand Maître du monde,
Toute miſericorde abonde ,
Elle eſt d'un large & vaſte cours ,
Dans les plus mauvais tems il garantit
nos têtes ,
Il nous met à couvert des plus rudes
tempêtes,

Ne refusant jamais au pecheur son secours.

✦✦✦

Un jour ce Puissant Roy de Gloire,
Par une fameuse Victoire,
Sauvera son cher Israël,
Et non content encore d'avoir brisé ses
chaînes,
Au lieu de le punir, faisant cesser ses
peines,
Il le fera joüir d'un bonheur éternel.

✦✦✦

MEDITATIONS
SUR LE SOY-MEME.

DE tous les objets de la vie,
A parler naturellement,
C'est le soy-même, qui m'ennuïe,
Et qui me gêne absolument.
Je n'y saurois porter la vûë,
Qu'aussi-tôt mon ame éperduë,
Ne sente de secrets remots :
De ce sentiment de misere,
Mon esprit songe à se distraire,

Et cherche à fe répandre aux objets du
dehors.

Qu'eſt-ce en effet que le foy-même,
Qu'un objet triſte & dégoûtant ?
On n'y pût penſer un inſtant
Sans une repugnance extrême.
Je n'y voïs qu'imperfection,
Que vice, que corruption,
Dont le ſimple regard me tuë :
Et pour éviter les tourmens,
Que me peut cauſer cette vûë,
Je me porte ſans ceſſe à divers mou-
vemens.

Je vas, je viens, je m'inquiéte;
J'évite, je cherche, je fuis :
Jamais une tranquille affiéte :
Toûjours mille ſecrets ennuis.
Pour rompre mon inquiétude,
J'ay recours à la ſolitude :
Point de repos dans ce repos,
Dans le grand monde je me montre,
Croyant m'éviter à propos :
Mais dans ces changemens, par tout je
me rencontre.

Ô ! mon Dieu ! sans vôtre secours
Le soy-même est insuportable :
C'est à vous seul que j'ay recours ;
Pour m'en rendre la vûë aimable.
Réparés du fond de mon cœur,
La difformité, la laideur :
Réformés-en l'affreuse image ;
Retracés-y de nouveaux traits ;
Et faites que je l'envisage.
Orné de vôtre grace & de ses doux
    attraits.

F I N.